Simon Yussuf Assaf

Sieh die Nachtigall, Bruder

Simon Yussuf Assaf

Sieh die Nachtigall, Bruder

Aus dem Arabischen
von Ursula Assaf-Nowak

Kreuz Verlag

Im Schatten der Zedern

Morgenlied

Wer hat dich mir geschickt,
o Vöglein,
um mir beim Aufgang
der Morgenröte ein Lied zu singen?

Ein Lied, das melancholische Weisen
und Melodien der Freude vereint.
Ein Lied, das meinem Herzen
Nahrung und Heilung bringt,
das in meiner Seele
Ruhe und Frieden ausbreitet
und ihr den Wein der Freude kredenzt.
Aus diesem Lied
schöpft mein Herz Kraft
für den ganzen Tag.

O Vöglein,
wer hat deine Lider geöffnet,
wer hat dich auf die Hand
des Windes gesetzt
und dir den Weg gewiesen
zu meiner entlegenen,
einsamen Hütte?
Der Weg zu ihr ist weit,
ungangbar und wild.
So war es schwer für meine Gedanken,
ihn zu durchqueren,
um die Menschen zu erreichen.

Sie blieben gefangen
in den Falten meines Herzens
bis zu dem Moment,
da meine Seele trunken wurde
von deinem Lied.
Sie öffnete sich,
lauschte deinen Melodien
und erholte sich von ihrem Kummer.

O Vöglein,
unsere Harmonien trafen sich
unerwartet
beim Aufgang dieses Morgens.
Du hast gesungen,
und ich habe dir mein Ohr geschenkt.
Deine Lieder fanden eine Antwort,
und mein Schweigen fand ein Echo.
Dein Lied und mein Schweigen
begegneten und ergänzten sich.

Die Reinheit deiner Stimme,
der schwarze Strich deiner Augenlider,
die bunte Farbe deiner Flügel
vollenden die Schönheit
unserer inneren Musik
auf der Bühne dieses entfernten Tales,
wo das Geheimnis
dem Geheimnis begegnet
und das Lied sich dem Lied offenbart.

Ich bin dir früher begegnet,
o Vöglein,
und habe dich nicht beachtet.
In dieser Zeit verdunkelte
Unwissenheit mein Herz,
und Finsternis lastete
auf meinen Lidern.

Heute aber beginne ich zu erwachen
aus einem tiefen Schlaf.
Meine Seele öffnet sich dem Frühling,
wie Früchte die Herbstreife erwarten.
Heute habe ich erfahren,
daß weder Größe noch Gewicht
den Wert der Dinge bestimmen,
sondern ihr Wesen und ihr Gehalt.
Heute wurde mir offenbar,
daß jedes Geschöpf sein Geheimnis hat
und seine Lieder.

Und deine Geheimnisse und Lieder
gleichen meinen Geheimnissen
  und Liedern.
Unsere Weisen gehören
zum gleichen Lied.

O Vöglein,
jede deiner Federn erzählt ein Märchen,
jede Melodie ist ein Konzert,
und in jedem Zwitschern
liegt tausendfaches Glück.

Als du den Menschen
dein Morgenlied sangst,
hat die Hand des Bösen
dir Fallen gestellt.
Dann hast du mir dein Lied gesungen,
und meine Seele hat sich geöffnet,
denn deine Lieder
sind meine Lieder,
und deine Stimme
gleicht meiner Stimme.

Wir sind beide Fremdlinge
in einer Welt, die vergessen hat,
daß der Mensch ein Funke ist,
angewiesen
auf das Verständnis des anderen,
um zu brennen.

O Vöglein,
singe, singe,
vielleicht werden dann viele erwachen
aus ihrer Traurigkeit.

Orient

Heiter sind die Tage des Orients
und seine Nächte träumerisch.
Die Wolken und der Zephir
umtanzen die lebenspendende Sonne.

Der Berge Häupter
sind mit Schnee gekrönt,
und das Meer wiegt ihre Abhänge,
in den Nächten rauschen
seine Wasser sanft
und spiegeln den Mond und die Sterne.

Die Ebenen des Orients bergen
die Reichtümer der Natur,
die Weinberge tragen goldene Frucht,
und das Leben ist heiter und friedlich.

Unsere Erde ist eine austeilende Mutter.
Hier stand die Wiege des Alphabets,
und hier ist der Hafen, aus dem
das erste Schiff
aufs hohe Meer sich wagte.

Dies ist die Erde der Propheten,
geweiht durch die Gräber ihrer Heiligen,
getränkt vom Blute Christi,
Himmel und Erde
sind hier einander begegnet.

Von den Gipfeln der Berge
  fließt das Licht
in die fruchtbaren Täler,
in den Mund jeder Blume
und in die Herzen seiner Bewohner.

Es ergießt sich
in das Gezwitscher der Vögel,
in die Gebete der Frommen,
in die Moscheen und Kirchen,
die Tempel und Synagogen.

Hier wurzelt die Geschichte,
verwoben mit tausend Legenden,
und alle Legenden führen zu Gott.
Hier beteten unsere Ahnen
  die Steine an.
Und hier erhob sich das Kreuz,
das die Schöpfung erlöste.

Wiege der Astarte

Am Morgen meines Lebens
ließ ich mich
an deinen Ufern nieder,
Nachbarin der Kindheit.
Ich lauschte deinem Flüstern,
und du lehrtest mich
die Legenden meiner Väter,
die Lieder der Liebenden
und die Gebete der Eremiten.
Du sätest in mein Herz
die Liebe zu diesem Tal.

Immer wieder fand ich mich
bei dir ein,
Nachbarin meiner Kindheit,
und leistete dir Gesellschaft.
Die Kaskaden deiner Wasser
bannten meine Blicke,
füllten meine Träume
und nährten meine Phantasie;
sie löschten das Feuer
meiner Sehnsüchte.

Bei Sonnenaufgang
eilte ich an deine Ufer
ebenso wie
bei Sonnenuntergang.
Du lehrtest mich

das Schweigen
und das Staunen.
Bei dir entdeckte ich,
was die Menschen
im Laufe der Zeit
verloren haben,
als sie erwachsen
und vernünftig wurden.

Ich sah die Sonne
die Berge umfangen
und den Morgenwind
die Gipfel liebkosen;
die Quellen flüsterten
mit der Erde,
und der blutrote Mohn
spiegelte sich
in den Wassern des Flusses,
als stürbe Adonis aufs neue
an seinen blutenden Wunden
im Tale der Tränen
und als bewohntest du
noch immer dein Tal,
Mutter der Legenden,
Astarte.

Wann immer ich konnte,
suchte ich deine Ufer auf,
Nachbarin meiner Kindheit,
und du schenktest mir
deine Gastfreundschaft:

Die Tage wurden mir zu Hymnen,
die Nächte zu Offenbarungen,
du erfülltest mein Herz
mit Heiterkeit,
du senktest in mein Inneres
die heilige Flamme des Glaubens
und beschenktest mich
mit aller Liebe und Poesie,
deren ich bedurfte.

Nachbarin meiner Kindheit,
Tal meiner Träume,
dich will ich besingen
und deiner gedenken
im Auf und Ab des Lebens,
du sollst das Thema
meiner Lieder bleiben.

Sie laden die Menschen ein,
zur Sonne aufzubrechen
und das Leben zu verteidigen
auf der Erde,
in der Natur,
unter den Geschöpfen
und in den Herzen
der Menschen.

Die Flöte des Hirten

Seit Kindertagen
lausche ich
der Flöte des Hirten
und ihrem Widerhall
in den Tälern.
Der Klang ihrer Töne
weckte mein Herz auf,
gleich wie das Klopfen
des Regens
die Erde weckt.

Ihre Melodien,
bald süß, bald melancholisch,
bezauberten mich;
ich folgte
ihren Schwingungen
und entdeckte,
was den Sinnen sonst
verborgen bleibt.

Ich träumte
von einer Welt,
in der sich
das Schöne und das Gute,
das Starke und das Schwache,
die Wahrheit und das Geheimnis
in Harmonie vereinen,
und Langeweile und Verdruß

wichen von mir
für den Rest
meines Lebens.

Flöte des Hirten,
Tochter des Tales,
Begleiterin meines Weges
auf der Reise des Lebens,
ohne dich vermag ich
weder zu träumen
noch zu dichten,
ohne dich
ist mir der Mond
unerreichbar.

Ohne dich
verrlöre meine Welt
an Zauber
und Geheimnis,
und das Auge wäre
das Maß aller Dinge.

Auf der Flöte
des Hirten
und den Saiten
der Laute
offenbart der Himmel
seine Geheimnisse
der Erde.

Diese Nacht

Diese Nacht bezaubert mich!
Sie ist gebadet im Mondlicht,
sie ist geheimnisvoll!
Sie weckt in mir die Freude,
macht mich trunken
und überwältigt mich
durch ihre feierliche Stille.
Ihr Haupt ist geschmückt
vom Sternenhimmel.
Ich bin erfüllt
von ihrem Geheimnis
und verharre,
gebannt von ihrer Botschaft.
Wie herrlich
der Zug des Mondes und der Sterne,
das Konzert des Waldes,
die große Melodie des Schweigens,
die Gegenwart aller Wesen,
die den Abend beleben,
mögen sie wachen oder ruhen.

Alles ist angerührt
in dieser erhabenen Nacht
von der Allgegenwart
des höchsten Seins.
Das Auge schaut,
die Hand fühlt,
der Verstand liest,

die Klugheit erkennt,
und die Seele betet
in Ergriffenheit;
sie bietet diese Welt
dem Schöpfer an,
der sie nach seinem Bilde schuf,
wie man eine Blume anbietet,
wie man sich selber anbietet
beim Opfer am frühen Morgen.

Stern des Schicksals

In einer Nacht,
in der sich der Vollmond
hinter den Wolken verbarg,
sah ich am Horizont
den Stern des Schicksals
seine Bahn ziehen
auf der Suche nach denen,
die ohne Hoffnung sind.

Ich wandte mich an ihn
und flüsterte ihm zu:
Sieh mich an,
einen Gefangenen der Erde,
einen Fremden unter den Menschen!
Seit ich in diesem Leben bin,
trachte ich vergeblich danach,
den Mond zu erreichen.

Seit meiner Ankunft
auf dieser Erde
versuche ich vergebens,
meinen Durst nach Unendlichkeit
zu stillen,
und seit dem Morgen meines Lebens
brennt in den Falten meines Herzens
die Sehnsucht
nach vollkommener Liebe.

Der Stern hielt in seinem Lauf an,
und unter den Flügeln der Nacht
lauschte er meinen Worten.
Er zog mein Herz
in seinen Bann,
und aus himmlischer Ferne,
die sein Licht spielend überwand,
legte er mir diese Gedanken ins Herz:

Fürchte nicht
die Gefahren des Lebens!
Folge unbeirrt
deinem Weg zum Licht!
Und säe Hoffnung
in die Herzen der Menschen!

Denn ohne Hoffnung lebt der Mensch
in einem Meer der Angst,
in Unruhe und Leere,
selbst wenn er sich
alle Reichtümer der Welt
zu eigen machte.

Ohne Hoffnung verliert er
die Fähigkeit zu träumen
und die Kraft zu lieben.
Seine Tage werden überspült
von Wellen der Trauer
und Verzweiflung.

Einem Blinden gleich
erblicken seine Augen
im Dunkel der Nacht
weder den Glanz der Sterne
noch das Licht des Mondes.

Ohne Hoffnung nimmt er
die Schönheit der Schöpfung
nicht wahr.
Er vermag nicht,
die Spuren des Glückes zu entdecken,
die auf seinen Weg gestreut sind.

In der Weite des Meeres
irrt er umher
wie ein Schiff ohne Steuermann,
und es wird ihm nicht gelingen,
ans sichere Ufer zu gelangen.

Ohne Hoffnung bleibt uns
der Sinn des Leidens verborgen,
und die Freuden des Lebens
schmecken schal,
denn die Schönheit des Mondes
zeigt sich erst im Dunkel der Nacht,
und das Glück empfinden wir nur
an der Schwelle des Leidens.

Wenn der Mensch in sein Herz hört,
wird er eine Stimme vernehmen,
die ihn auf den Weg zum Licht führt,
und er wird die Spuren
des Glückes entdecken.

Doch trotz ihrer Ausbildung
sind die Menschen unwissend;
sie gleichen Herden,
die sich ahnungslos
zur Schlachtbank führen lassen;
wenige nur verstehen es,
die Geheimnisse zu entziffern,
die geschrieben sind
auf Hügel und Täler,
in Wälder und Wüsten,
hinter jede Stirn.

Die meisten Menschen kennen
von der Freiheit nur ihren Namen;
allenthalben errichten sie
   Gefängnisse,
in der Natur und in Palästen,
in Schulen und Tempeln;
Gefängnisse des Reichtums
und der Armut,
Gefängnisse der Wissenschaft
und der Unwissenheit,
Gefängnisse der Liebe
und des Hasses.

Alles wird uns zum Gefängnis,
wenn wir den Blick
vom Himmel abwenden
und unser Herz daran hindern,
dem Stern des Schicksals zu folgen.
Doch die Gefängnisse dieser Erde
– auch wenn sie zahlreich sind –
braucht nicht zu fürchten,
wer den Himmel
zum Ziel seiner Reise macht,
denn hinter dem Horizont,
jenseits von Mond und Sternen,
wartet die Freiheit auf ihn.

Reigen der Natur

Ich habe teilgenommen
am Reigen der Natur:
Im Winter sah ich sie weinen
mit heißen Tränen,
und ich weinte mit ihr.
Im Frühling sah ich sie tanzen,
und ich drehte mich
mit ihr im Tanze.

Im Sommer sah ich sie träumen
von ihrer Jugend
und träumte mit ihr.
Im Herbst sah ich sie
in der Fülle ihrer Reife
den Verfall erahnen
und litt mit ihr.

Gibt es jemanden,
der mit mir weint,
der meine Freude
zu seiner eigenen macht,
der meine Träume träumt
und meine Leiden teilt?

Ich betrachtete die Sonne
in ihrem Lauf,
ich hörte sie
beim Aufgang singen

und sah sie sich beim Untergang
in ihrem Blute winden.

Gibt es jemanden,
dessen Herz warm wird
bei meinem Erscheinen
und der trauert
über meinen Abschied?

Ich hielt Nachtwache
mit dem Mond
und flüsterte mit den Sternen.
Ich lauschte dem Rauschen
der Quellen
auf ihrer Reise.

Gibt es jemanden,
der mit mir die Nacht durchwacht,
der mit mir Zwiesprache hält,
der meinen Gesängen lauscht
und bei mir ausharrt
in meinen langen Tagen?

Ich nahm Zuflucht
zu den Wäldern
und bewunderte sie
in jeder Jahreszeit,
im weißen, grünen,
gelben oder roten Gewand.
Ich besang ihre Pracht,
wenn ich mich von ihnen entfernte.

Gibt es jemanden,
der mir beisteht
im Wechsel meines Lebens;
der mich nicht verläßt,
wenn mein voller Mond
sich seinem Untergang nähert?

Ich ermaß die Größe des Meeres,
als ich auf hohe See ging,
und ich ahnte die Weite
  des Himmels,
als ich die Lüfte durchmaß.

Gibt es jemanden,
der ahnt,
bis wohin meine Ufer reichen
und wie weit
sich meine Horizonte erstrecken?

Ich habe die Dämmerung
  durchwacht
und das Morgenrot erwartet.
Gibt es eine Dämmerung,
die meiner Nacht folgt
und dem Morgenrot Platz macht?

Ich habe teilgenommen
am Reigen der Natur,
und ihr Rhythmus
bestimmte mein Leben.

Ich lebte mit ihr und in ihr,
und trotz aller Vertrautheit
spürte ich,
daß unsere Natur
anders ist als ihre.

Wir streben nach einer Welt,
die unsere Welt übersteigt.

Wir erwarten einen Morgen,
der keinen Untergang kennt
und dem keine Nacht mehr folgt.

Geheimnisse des Herzens

Sieh die Nachtigall, Bruder!

Sieh den Adler, Bruder,
auf der Bühne
des Mondes erscheinen,
mit dem Kohel des Zephirs
seine Augenlider schminken
und sich ergötzen
an den Liedern der Morgenröte.

Sieh in der Höhe der Felsenwände
den Adler sein Nest bauen,
wo er die Sphärenmusik
der Gestirne vernimmt
und seine Jungen aufzieht
im Angesicht der Freiheit.

Die Erde, die ihn anzieht,
fürchtet er,
es ist sein Wunsch,
weit von den Menschen zu weilen,
in Gelassenheit zu leben
und in grenzenloser Freiheit,
die mit ihrem Fuß die Erde berührt
und mit ihrem Scheitel
das Firmament.

Sieh den Adler
seine Schwingen entfalten,

wann immer er es will,
und auf dem Teppich
des Windes dahingleiten,
bis er den Himmel erreicht.
Weit entfernt
von den Verlockungen der Welt
und ihrer Gier nach Besitz,
fühlt er sich frei und glücklich
und spottet der Menschen,
die unersättlich und unglücklich sind
trotz aller Reichtümer und Güter.

Sieh den Adler, Bruder,
wie aufrecht er seinen Kopf hält!
Selbst wenn der Tod bei ihm anklopft,
empfängt er ihn mit stolzer Würde;
die Federn seiner Flügel
sind sein Kissen,
und der Boden seines Nestes
ist sein Grab,
um das die Reichen ihn beneiden.
Vom Fenster seiner Burg
auf dem Gipfel des Berges
nimmt er Abschied vom Fluß
und den Blumen des Tales,
ohne Seufzer und Tränen
im Vertrauen auf den Himmel.

Sieh die Nachtigall, Bruder,
die das Königreich des Waldes
mit bezaubernden Melodien erfüllt,

sich in den Zweigen
der Bäume wiegend.
Mit ihrem süßen Gesang
sät sie Hoffnung
in die Herzen der Menschen.

Sieh die Nachtigall
die Ähren liebkosen
und den Quellen ein Liebeslied singen.
Aus dem Innern ihres Verlieses,
das die Menschen ihr schufen,
stimmt sie ein Lied
auf die Schöpfung an.
Für sie ist das Leben ein Traum,
die Schönheit eine Hymne,
und ihre Stimme sind die Saiten,
auf der sie gespielt wird.
Ach, könnten die Menschen nur
die Botschaft der Nachtigall
vernehmen!

Sieh die Rose, Bruder,
wie sie die Felder und Gärten
schmückt,
die Hügel und Täler.
Sie bezaubert den Mond,
den sie in seine Träume begleitet,
und sie singt die Sterne in den Schlaf.
Da, wo sie ist,
entlockt sie ihrer Umgebung
ein Lächeln.

Sie grüßt die Sonne
bei ihrem Auf- und Untergang
und an jedem neuen Tag.
Weder die Finsternis fürchtet sie
noch die Einsamkeit,
nicht das Ende des Sommers
und nicht das Vergehen der Zeit.
Ihr Leben ist eine kurze Reise,
auf der sie den Menschen zeigt,
wie begrenzt ihr Verstand ist
und wie kurzsichtig ihr Blick.

Sieh die Rose, Bruder,
die jeden Menschen entzückt,
ob er einen Palast bewohnt
oder in einer Hütte haust,
ob er aus dem Herzen
der Wüste kommt
oder aus dem Gewühl der Stadt,
sie beglückt den Liebenden
und die Geliebte, der er sie anbietet,
sie erfreut den Betenden,
der den Altar mit ihr schmückt,
und sie preist den Schöpfer
als das Lächeln der Schöpfung.

Sieh, wie ihr Duft uns betäubt
und ihr Anblick unsere Sinne stillt,
die nach Schönheit dürsten.
Bei jeder Brise des Zephirs
strömt von ihren Lippen

berauschender Duft
wie der Gesang einer Flöte
oder die Melodien einer Laute.

Sieh die Rose, Bruder,
deren Leben ein Lächeln
auf den Lippen der Schöpfung ist.
Wer auf der Suche
  nach der Schönheit ist,
hält an vor der Röte ihrer Wangen
und sieht seine Wünsche erfüllt.
Tropfen um Tropfen trinkt er
von der Schönheit ihrer Wangen
und dem Duft ihrer Seele,
bis er trunken ist
von ihrem Zauber.

Bruder, es ist uns bestimmt,
in diese Welt zu kommen,
zu leben und zu sterben
im Schatten der Zedern,
die mit dem Himmel benachbart sind,
und gleich wie der Adler,
die Nachtigall und die Rose
zu singen, zu träumen und zu lächeln
und das Universum zu erfüllen
mit den Klängen unseres Gesangs,
den Harmonien der Kunst
und dem Duft des Weihrauchs,
ansonsten verliert das Leben
  seinen Inhalt,

und wir suchen vergebens
die Wegzeichen zu entdecken,
die uns an die Tore
des Paradieses führen.

Bruder, es ist uns bestimmt,
auf unserem Weg zum Firmament
geduldig und mutig fortzuschreiten,
selbst wenn er streckenweise
mit Dornen bedeckt ist
und von dichtem Nebel verhangen;
selbst wenn an seiner Kreuzung
Gefahren und Fallstricke uns auflauern.
Doch ist es der einzige Weg,
der uns am Ende
zu den Sternen führt
und an die Tore des Paradieses.

Bruder, es ist uns bestimmt,
was keiner anderen Kreatur
aufgetragen wurde:
Auf unsere Stirn
wurde das Gesetz
der Freiheit geschrieben.
Frei soll der Mensch
sein Haupt zum Himmel
erheben
und der Stimme
seines Herzens folgen
als Bild des Schöpfers
und zum Lobe seiner Schöpfung.

Doch im Namen Moses
  und Mohammeds
wurde sein Wille in Ketten gelegt,
von seinem Erscheinen
auf dieser Erde
bis zu seinem Weggang;
er wurde Sklave
von Gesetzen und Vorschriften,
statt dem einzigen Gesetz zu folgen,
das die Liebe ist.
Im Namen von Religionen
  und Konfessionen
bekämpfen wir unsere Brüder
bis aufs Blut.

Bruder, laß uns die Paläste
dieser Erde verlassen!
Laß uns Purpur und Gold ablegen
und zum Wesentlichen zurückkehren!
Laß uns die Ideologien abschaffen,
die den Menschen mit Füßen treten,
und die Religionen,
die den heiligen Krieg predigen.

Laß uns die eine Lehre verkünden,
daß der Mensch die Krone
der Schöpfung ist
und alle Gesetze und Lehren
nur das wert sind,
was sie dem Menschen dienen.

Bruder, laß uns
der Karawane
unserer Vorfahren folgen,
die aus Felsen
blühende Gärten schufen,
die die Ströme
des Meeres bezwangen
und das Alphabet
über alle Grenzen
in die letzten Winkel
der Erde brachten.

Laß uns wieder
Dichter und Sänger werden,
Priester und Propheten,
die den Schöpfer
durch ihre Werke preisen.
Laß uns nicht
einander fremd werden,
sondern Brüder sein,
deren Brot von der Erde kommt
und deren Ziel der Himmel ist.

Weine nicht, Vater

Weine nicht, Vater!
Es ziemt sich nicht zu weinen.
Tränen sind ein Eingeständnis
unserer Schwäche,
und wir sind stark
durch die Offenheit unserer Herzen
und die Kraft unserer Liebe.
Wir sind stark im Austausch
von Nehmen und Geben.

Weine nicht, Vater,
über diejenigen, die sich weigern,
als Knechte zu leben;
weine vielmehr über den,
der nach rückwärts schaut
und ein Gefangener
des Vergangenen ist,
über den, der sich fürchtet,
die Wahrheit zu sagen,
und der es sich versagt,
Gerechtigkeit zu verlangen,
aus Angst davor,
den Reichen und Mächtigen
zu mißfallen.

Wir kamen in diese Welt, Vater,
um ihr Licht zu sein
und an ihrer Vollendung mitzuwirken.

Wir kamen nicht hierher,
um uns auf Dauer einzurichten
und uns mit ihr zu arrangieren,
um größtmöglichen Gewinn zu erzielen;
wir kamen nicht hierher,
um als Feiglinge zu leben
und als Mammonsknechte zu sterben.

Weine nicht, Vater, über einen Sohn,
der es vorzog, Opfer zu sein,
statt denjenigen zu opfern,
deren Herz versteinert ist,
die den Ruf Gottes überhören
und die den Weg zum Hafen verfehlen,
zum Hafen ihres Glückes,
zum Hafen ihrer Erfüllung.

Weine nicht, Vater,
über denjenigen, der den Verlust
der Brüderlichkeit beweint
in unserem täglichen Leben,
in unseren menschlichen Beziehungen.
Vielmehr weine über diejenigen,
die vergaßen, daß die Menschen nicht
in verschiedenen Klassen
  und Kategorien
erschaffen wurden, sondern als Brüder,
und daß unsere Seelen
trotz der Verschiedenheit
  unserer Hautfarbe
gleich sind und ein Ebenbild Gottes.

Weine nicht, Vater,
sondern bewahre dir ein starkes Herz,
das offen ist für die Armen,
die Dürstenden und Verzweifelten.
Seien wir würdig einer Nation,
die die Anfänge der Geschichte prägte
und der Menschlichkeit
  den Vorrang gab,
selbst wenn sie heute nur
  ein Spielball ist
in den Händen derer,
die sie ihren Feinden auslieferten
und ihr die Ruhe
und den Frieden stahlen.

Weine nicht, Vater,
über denjenigen,
der sich mit den Reichen überwarf,
sondern über eine Menschheit,
deren Machthaber Intrigen schmieden,
um die Armen noch mehr auszubeuten
und den einzelnen immer mehr
  zu unterdrücken.
Sie glauben, die Logik gepachtet zu haben,
sie dünken sich unfehlbar und im Recht
und ersticken in sich
die Stimme des Allerhöchsten.
Ihr einziges Ziel ist es,
Macht und Herrschaft auszuüben.
Sie säen Unwissenheit
und ernten Unglück.

Weder haben die Lämmer
ihren Weg verloren, Vater,
noch hat die Herde sich verirrt;
vielmehr haben sich die Hirten
  verlaufen
an dem Tag,
als sie den Weg des Nazaräers
  verließen,
den Weg des Herrn,
der im Stall geboren wurde
und der sich den Menschen
dienstbar machte.
Sie verfehlten den Weg
der himmlischen Botschaft,
den Weg zu ihren Brüdern,
die im Elend leben,
als ob es kein Weiterleben gäbe
und kein Wiedersehen.

Sie errichteten Tempel
  und Heiligtümer
auf den Knochen der Armen,
und Gott weiß,
wieviel Blut und Tränen
dabei vergossen wurden.
Sie errichteten sie für einen Herrn,
der die Opfer abschaffte
und die Herzen
zu seinem Tempel machte.

Weine nicht, Vater,
über einen Sohn, den du zeugtest
und der in der Hoffnung lebt.
Er trägt deinen Namen,
und du trägst seine Leiden.
Doch wer in dieser Welt nicht leidet,
erfährt auch nicht das Geheimnis
der Erlösung.

Vater, es ziemt sich nicht, zu weinen,
auch wenn die Tränen
Erleichterung bringen,
indem sie über die Wangen fließen,
um die dürstende Seele zu betauen,
die nach Gerechtigkeit verlangt,
nach Brüderlichkeit und Liebe,
die der Himmel uns schenkt
ohne unser Verdienst und Zutun.

Wenn uns die Welt auch einteilt
in Sklaven und Freie,
in Arme und Reiche,
in Knechte und Herren,
so wissen wir doch,
daß wir als Brüder erschaffen wurden
und als Geschöpfe des einen Vaters,
der uns nach seinem Bilde schuf.

Mutter

Erinnerst du dich noch
an unser Zusammensein?
Oder hat mein langer
Aufenthalt in der Fremde
die Spuren der süßen
Vergangenheit verwischt?
Hat er dein Herz
mit bitterer Traurigkeit
erfüllt?
Dies Herz,
das immer den Tag
meiner Rückkehr erwartet hat.

Rückkehr ins warme Nest,
in die Arme der Mutter,
ins Vaterhaus.
Rückkehr in das Land,
das ich um so mehr liebe,
je weiter ich mich von
ihm entferne,
um so mehr schätze,
je zahlreicher
die bekannten Länder werden.

Dein Herz suchte mich immer,
wenn sich die Mühsal
des Lebens fühlbar machte,
wenn Schwäche auf dir lastete

und dein Blick sich verdunkelte,
wenn der Schatten des Todes
sich näherte.

Dein Herz hat nie aufgehört,
mich zu begleiten,
seit dem ersten Augenblick
meines Lebens
bis jetzt, bis hier.
Es begleitet mich
ohne Bedauern
und ohne müde zu werden
in der Heimat,
in der Fremde.

Dieses Herz hat den Kelch
des Leidens gekostet,
um mir die Süßigkeit
des Lebens zu geben.
Es hat jedes Wagnis
auf sich genommen,
um es mir leicht zu machen,
meinen Weg zu erkennen.

Erinnerst du dich,
wie dein Antlitz lächelte
und dein Herz sich freute
beim Anblick
deines kleinen Vogels,
der weder hüpfen
noch fliegen konnte?

Erinnerst du dich,
wie unermüdlich deine Hände
gearbeitet haben
und deine Augen weinten?

Erinnerst du dich
der ersten Nacht,
in der mein Bett leer war
und ich weit von dir?

Diese Nacht
hat nicht aufgehört,
sich zu verlängern;
ich begann sie
im Lande der Sonne
und setze sie fort
im Lande des Nebels.

Erinnerst du dich
meines ersten
  selbständigen Schrittes,
der mich auf den Weg
der Zukunft verwiesen hat
und aus meinem Morgen
eine Zeit des Mutes
und der Freude machte?
Und des zweiten Schrittes
auf ein Schiff,
das mich vom Morgenland
ins Abendland brachte?

Denk daran,
daß das Leben
eine kurze Reise ist,
selbst wenn uns die Jahre
lang erscheinen.
Wir beginnen sie
auf dieser Erde
und beenden sie
in einer anderen Welt.

Eine Reise,
auf der wir viele Wege
und Wanderer treffen,
die alle ein Ziel suchen.

Wir werden uns wiedersehen,
nicht auf einer Erde
voller Täler und Berge,
Hügel und Wälder,
sondern in der Welt
des Geistes,
auf der Erde
der Verheißung.

Wir werden uns begegnen,
und unsere Begegnung
wird jede Begegnung überschreiten.

Wir werden uns begegnen,
und unsere Begegnung
wird keine Zeitbegrenzung kennen.

Gib mir deine Hand
und hab keine Angst
vor dem Schritt in die andere Welt.
Unser Glaube ist stark,
unsere Überzeugung
kennt keine Zweifel;
beide versichern uns
der guten Ankunft.

Gib mir deine Hand
und trockne mit der anderen
deine Tränen,
verscheuche den Blick
voll Traurigkeit
und laß das Herz
zum Herzen sprechen.
Es wäre eine Schande,
wenn unser Herz traurig,
unsere Lippen verbissen
und unsere Seele bedrückt wäre
von vielen Seufzern.

Gib mir deine Hand
und bedenke,
daß auf die dunkelste Nacht
das Morgenrot folgt
und die Schönheit einer Blume
sich erst dem Auge zeigt,
nachdem ihr Same
die Dunkelheit der Erde
erduldet hat.

Das ist unser Leben:
Seine Fülle besteht nicht
in dem, was wir besitzen,
sondern in der Erwartung
einer anderen Welt,
einer Welt des Friedens,
der Freude
und der Unendlichkeit.

Im Ertragen dieser
unzulänglichen Welt
erreichen wir die Welt
des ewigen Glückes.

Deine Hand

Deine Hand hinterließ
deine Spur in meiner Hand,
ein Zeichen in meinem Herzen,
ein Brandmal in meiner Seele.
Deine Hand gab meinem Leben
einen Sinn.

Am Tage,
da meine Hand deine Hand ergriff,
fühlte sie den Puls des Lebens
und empfing Freundschaft
und Harmonie,
das, was Gott ihr gegeben
und was sie Gott gegeben,
das Wissen vom Menschen.

Am Tage,
als du mir deine Hand reichtest,
gab ich dir die meine
und damit zugleich mein Herz.

Aus deiner Hand
empfing ich das Heilmittel,
das ich überall
vergebens gesucht hatte.

Am Tage,
da du mir deine Hand gabst,

habe ich erfahren,
daß es nichts Größeres gibt
im Leben des Menschen
als die Liebe.

Meine Hand nahm deine Hand,
und sie verbanden sich
in unauflöslichem Bund.

Meine Hand nahm deine Hand,
um zusammen Licht zu sein
für gefesselte, befleckte,
schmutzige Hände,
um zu geben, statt zu nehmen.

Ich habe deine Hand
an mein Herz gelegt,
damit sie das Echo
in meiner Seele vernimmt.

Deine Hand hat die Tiefen
und Geheimnisse meiner
Seele erfaßt.

Deine Hand fühlt,
daß sie in meiner Seele
ein Echo findet
und daß das Einverständnis
unserer Herzen
seinen Ursprung im Ewigen hat.

Ich habe deine Hand genommen,
und deine Hand nahm die meine;
dies war der Beginn
unseres Gebens und Nehmens,
und jede Gabe und jedes Empfangen
ist Gnade.

Deine Hand hat sich
in die meine gelegt;
sie ist in die Tiefen
meiner Seele gedrungen
und hat meine Geheimnisse erfühlt.

Gib deine Hand
und nimm die meine.
Hand in Hand werden wir
weder straucheln noch fallen.

Hand in Hand
werden wir
unser Ziel erreichen,
das wir suchen
im Meer unseres Lebens.

Die Tage des Lebens

Die Tage des Lebens lehrten mich,
was ich aus Büchern nie erfuhr,
was ihre Seiten mir verschwiegen.

Die Tage des Lebens lehrten mich,
was ich vergeblich zu erkennen suchte
durch Studium und Forschung.

Die Tage des Lebens offenbarten mir,
was das Herz in seinem Innern verbirgt
und das Auge in seinen Tiefen zurückhält.

Die Tage des Lebens zeigten mir,
daß statt Menschen Füchse
in Schlössern und Ämtern hausen.

Ihr tägliches Brot ist die Lüge,
in ihren Herzen wohnt die Heuchelei,
und ihre Zungen verströmen Gift.

Die Tage des Lebens lehrten mich,
daß Ausharren im Leid uns stärkt
und das Überwinden einer Schwierigkeit
uns ermutigt.

Die Tage des Lebens lehrten mich,
daß Reichtum eine Fessel ist
und Armut ein Besitz.

Die Tage des Lebens haben mir gezeigt,
daß ich Väter habe,
  die mich nicht zeugten,
Mütter,
  die mich nicht zur Welt brachten,
Brüder und Schwestern,
die zum gleichen Ziel unterwegs sind.

Die Tage des Lebens haben mich gelehrt,
daß ich Freunde
  und Weggenossen habe
auf meinem Weg durch die Nacht.

Die Tage des Lebens lehrten mich,
daß unser das Morgen ist,
dem wir gemeinsam entgegengehen.

Angefüllt von Erinnerungen
ist das Leben,
und die Erinnerung
ist eine Form der Begegnung.

Wer bin ich?

Ich habe meine Worte
hinter die Mauern
der Herzen gesät,
und aus den Samen sprossen
Dornen und Rosen,
Nesseln und Jasmin.

Ich habe Blicke gepflanzt
in Welten des Schweigens.
Es begann sich zu regen
in verborgenen Herzen,
und sie führten Zwiegespräche
mit ihrem Echo.

Erwachte Herzen
begleiten ihre Gefährten
in der Brise der Erwartung,
auf den Wellen des Geschicks
und den Gipfeln des Ruhmes.

Mein Herz wohnt
in den Falten ihrer Herzen,
auf den Bahnen des Mondes,
in den Gärten des Lichtes,
unter dem Schatten
von Eichen und Zypressen.

Ich bin gelaufen,
und mein Gang war leicht,
als hätten mich Flügel getragen,
wie welke Blätter
  des Herbstwaldes,
wenn das Heer des Windes
sie aufjagt und verfolgt.
Ich war wie der Wüstensand,
den der Nordwind treibt.

Heute lebe ich
unter den Saiten der Sonne
und höre das Echo
  meiner Stimme.
Heute bin ich im Herzen
  des Seins.
Heute bin ich,
was ich gestern war
und was ich morgen sein werde.

Heute, gestern und morgen
suche ich das Leben
in dieser vergänglichen Welt.
Ich trinke die Schönheit
aus der Welt der Gesänge.
Ich lebe aus den Geheimnissen
  des Daseins
während meiner Reise
von dieser Welt
zu einer verheißenen Welt.

Keiner weiß,
wer ich bin,
es sei denn jemand,
der eine Weglänge
   mit mir gelebt hat,
der meine Leiden fühlte
und meine Freuden teilte
und die ganze Fülle
   dieses Lebens erfaßte.

Ich bin eine Insel
und ein See,
ein Stern in dunkler Nacht,
ein Strahl der Sonne
an einem leuchtenden Tag.
Ich bin ein Garten
mit Gewächsen
   aus allen Ländern,
ein Wald aus Zedern
   und Zypressen.

Ich bin derjenige,
der weint,
wenn die anderen singen,
und der singt,
wenn die anderen weinen.
Ich bin ein Fremdling
in dieser Welt.

Ich bin von dieser Stimme,
die einlädt auf den Weg,
den wir verfolgen,
ein Echo von der Erde,
die wir suchen,
ein Tropfen von der Quelle,
zu der wir zurückkehren.

Wer bin ich:
die Beute des Todes
oder das Streben zur Erkenntnis?
Ich bin Pilger in einer Welt
voller Staunen,
die den Zweifel weckt
und zum Glauben führt.
Ich bin von denen,
die eine Welt suchen,
deren Spuren sie
hoffend erkennen.

Wegweiser zum Licht

Fremd im Universum

Warum ist die Traurigkeit
dein treuer Begleiter?
Sie hat schon deine Augen geblendet
und deine Ohren verschlossen.
Fremd wurden dir
die Melodien des Lebens,
das Murmeln des Wassers,
die Stimmen der Kinder.

Du hast immer engere Kreise
um deine Welt gezogen.
Du weigerst dich,
auszutauschen und zu helfen,
zuzuhören und zu antworten,
zu lächeln und Mut zuzusprechen.

Du bist ein Fremder geworden
in dem großen Universum,
in dem es Licht gibt und Gnade,
Schönheit und Vertrauen,
Erbarmen und Liebe.
Sie können deinen Durst stillen,
Lungen und Herz
mit Freiheit und Freude erfüllen,
dir Sinne und Verstand bereichern.

Du aber entfernst dich von dieser Welt,
um ein ichbezogenes Leben zu führen,
weit von allem,
was sich dir offenbaren will.

Hast du bedacht,
daß ihre Abwesenheit
einsame Leere in dir zurückläßt?
Hast du einmal betrachtet,
was hinter den Schranken
  deines Blickes liegt,
hinter dem Meer,
hinter unserem Horizont?

Hast du erwogen,
daß es eine Ursache und ein Ziel gibt
für die Hoffnung
  in ihrem kühnen Sprung,
für das Streben
und den menschlichen Fortschritt,
für die Ausstrahlung der Freundschaft,
für die spontane Großzügigkeit
  der Herzen,
für das unruhige Suchen der Seele,
für die Menschheit in ihrem Hunger
nach Glück und Frieden?

Diese Welt ist dir fremd geworden,
und du stehst vereinsamt.
Nachbarn und Vorübergehende
sind dir gleichgültig geworden.

Du siehst das Band nicht mehr,
das alle Kreatur vereint,
und du hörst das leise Echo
  nicht mehr,
das dir Antwort gibt.

Du hast dir selbst
ein Gefängnis gebaut
und darin Zuflucht gesucht.
Dein Sinnen und Trachten
ist auf deine eigene Person
  beschränkt.

Wegbegleiter, Freund,
Gefährte des Lebens
in lichten und dunklen Tagen,
in Hoffnung und Zweifel,
wir sind Weggefährten,
ob du willst oder nicht!

Laß uns zusammen
unsere Welt entdecken
und ihre Zeichen
lesen und deuten,
der Offenbarung lauschen
in jedem Seufzer,
in jeder Begegnung.

Komm
und laß uns aufbauen,
im Schweigen vielleicht.

Laß uns das tiefe Echo vernehmen,
das uns von überall antwortet.
Komm,
damit wir uns gegenseitig helfen,
damit wir uns auf den Weg begeben.

Hand in Hand,
nicht seufzend und klagend
in Traurigkeit,
sondern mit Zuversicht
und Fröhlichkeit,
mit einem ansteckenden Lächeln.

Diese Welt ist doch
ein Abglanz der Schönheit,
eine Quelle verborgener Melodien;
diese Welt ist die Bühne,
auf der Gott
den Menschen begegnet ist.

Wir sind alle unterwegs

Wir sind alle unterwegs.
Unser Weg ist
bald mühsam, bald erholsam.
Wir werden gelenkt vom Schicksal
und angespornt von der Freude.

Ein Teil folgt der Vernunft
und wählt sie zum
unangefochtenen Führer.
Sie verbannen aus ihrem Leben
Traum und Phantasie,
Geheimnis und Mysterium
und lassen nur gelten,
was sie sehen und verstehen,
ohne zu bedenken,
daß die Welt der Erscheinungen
vergänglich ist.

Der andere Teil
vertraut sich dem Kreuz an;
sie blenden aus ihrem Leben aus,
was ihrer Berufung widerspricht
und sie von ihrem Kreuzweg ablenkt.

Wir sind alle unterwegs.
Die einen zum Kreuz
und der unerschütterlichen Freude
des Osterfestes,

die anderen zu Ansehen und Besitz
und ihrer welkenden Vergängnis.

Werden diese sich
ihrer Krankheit bewußt werden
und erkennen,
wie der Blinde von Jericho,
daß fern von Dir, Herr,
Heilung und Heil
unmöglich sind?

Und werden jene ausharren,
Deine Passion zu teilen,
Deine Schmerzen zu leiden
und Dein Kreuz zu tragen,
jeden Tag aufs neue,
bis sie geladen werden
an die Tafel
des himmlischen Ostermahls?

Zweifel

Immer,
wenn ich das Kreuz betrachte,
kommt Zuversicht über mich.
Und immer,
wenn ich seinen Anhängern begegne,
überkommt mich Zweifel.

Immer,
wenn ich mich dem Gekreuzigten
nähere,
kommt Stille über mich.
Und immer,
wenn ich seine Prediger höre,
überkommt mich Ratlosigkeit.

Wir werden nicht als Herde
oder im Verein
das Himmelreich betreten,
sondern als einzelne,
die seine Stimme vernahmen
in ihrem Herzen
und ihr folgten.

Sendung und Gesandte

Eure Mission war und ist es,
den Menschen zu dienen
zu ihrem Wohle und Heile;
doch euch ist sie ein Vorwand,
Herrschaft und Willkür auszuüben.
Euer Meister lud euch ein,
einander brüderlich zu lieben
und Freude zu verkünden;
statt dessen bürdet ihr den Menschen
Lasten auf
und verdammt diejenigen,
die nach ihrer Überzeugung leben.

Zu den Armen und Entrechteten
wart ihr gesandt,
doch ihr habt eure Blicke
von ihnen abgewendet
und sie auf Reichtum
und Ehre gerichtet.
Eure Mission war
eine göttliche Sendung,
ihr aber sucht euer Interesse,
euren Vorteil und Gewinn.

Euch wurden die Quellen
des Heils anvertraut,
ihr aber ließt sie versiegen!

Der Gedanke an Umkehr
liegt euren Herzen fern;
ihr seid Feinde jeder Erneuerung,
obwohl euer Meister
die Welt verändert hat.
Ihr aber verteidigt
veraltete Traditionen
statt ihren weltbewegenden Inhalt.

Die Menschen verehren eure Kleider,
euer Amt und eure Titel,
nicht die Tiefe eures Denkens,
nicht eure Güte und Menschenfreundlichkeit.
Ihr führtet sie auf die breite Straße
der Anpassung, der Unwissenheit
und Unfreiheit,
statt ihnen den Höhenpfad zu weisen,
der durch Wahrheit und Freiheit
zum Lichte führt.

Euer Glaube – mein Glaube

Euer Glaube ist ein Talar,
den ihr an- und abstreift
und mit dem ihr die Blicke
auf euch lenkt.

Mein Glaube aber ist Leben
in Abgeschiedenheit,
das hervorquillt
aus den Grotten der Eremiten
und den Zellen der Mönche.

Euer Glaube lebt
von Gesetzen und Richtlinien,
die des Menschen Freiheit fesseln.

Mein Glaube aber
ist eine Kraft,
die den Sklaven befreit,
den Knecht
  zum Gottessohn macht
und den Menschen
zum Bruder des Menschen.

Euer Glaube erschöpft sich
im Reden,
im Wiederholen von Worten,
die die Ohren der Menschen
zu hören müde sind.

Mein Glaube ist ein Licht
für meine Seele,
ein Wegweiser für meine Schritte
und ein Ziel
für meine Träume.
Er hält Zwiesprache
mit dem Schweigen der Nächte,
mit dem Licht der Morgenröte
und der Brise des Tages.
Zu ihm nehme ich Zuflucht,
wenn die Wellen des Meeres
zu Sturmfluten werden
und mich zu verschlingen drohen.

Euer Glaube ist ein Gefangener
der Erde und ihrer Reichtümer;
meiner ist ein Freund des Himmels
und seiner Lehren.

Euer Glaube
ist überlieferte Tradition,
ererbt von Persern und Juden,
Griechen und Römern;
meiner ist Seligkeit
in der Anrufung Gottes.

Euer Glaube wohnt in den Tempeln
der Herrscher und Machthaber,
er ist aus dem Material,
aus dem man Throne schnitzt.

Mein Glaube aber wohnt
im Tempel der Natur,
im Schoße der Wälder,
auf den Gipfeln der Berge,
in den Liedern der Flüsse
und dem Flüstern des Windes.

Euer Glaube errichtet Paläste
auf Kosten der Menschen,
die er zu Herden macht.

Mein Glaube aber
sieht im Menschen
das Bild Gottes
und im Gläubigen
Gottes Tempel.

Euer Glaube verbündet sich
mit den Reichen und Satten
und wendet sich ab
von den Armen des Geistes
und den Hungernden der Erde.

Mein Glaube aber verteidigt
den Menschen und seine Rechte
und seine Berufung
zur Ewigkeit.

Euer Glaube fürchtet
die Gerechtigkeit
und geht der Wahrheit
aus dem Weg,
er verrät euer wahres Wesen.

Mein Glaube ist ein Wagnis,
das dem Geist die Freiheit läßt
und dem Herzen
seine Entscheidung.

Euer Glaube trennt
den Menschen vom Menschen
und läßt sie gegeneinander
zum Kampf antreten.

Mein Glaube führt
den Menschen zum Menschen
und vereint sie brüderlich
in der Anbetung ihres Vaters.

Bitte

Herr,
bis zu dieser Stunde
habe ich oftmals
über Dich gesprochen,
doch niemals zu Dir!

An diesem dunklen Tag,
an dem sich meine Kräfte
erschöpften,
mein Vertrauen auf Freunde
verraten wurde
und meine Ehrfurcht
vor Vorgesetzten
sich getäuscht sieht,

heute wende ich mich an Dich;
ich bitte Dich,
meine Hoffnung
nicht zu enttäuschen
und in meiner Schwachheit
Deine Gnade
leuchten zu lassen!

Zur Erinnerung

Wer brachte den Vögeln
ihre Lieder bei,
den Wellen ihren Gesang
und dem Menschen
seine Hymnen?

Wer erweckte die Natur
aus ihrem tiefen Schlaf
und schmückte sie
mit einem Brautkleid?

Wer gab den Sternen
ihre Freiheit,
der Sonne ihren Glanz
und dem Menschen
seine Sprache?

Die Liebe heilt

Die Liebe ward euch gegeben,
um das Sein mit Leben zu füllen.
Ihretwegen erhaltet ihr Leben
und verschenkt Leben.
Ohne sie findet ihr auf Erden
weder Ruhe noch Klang,
weder Farbe noch Duft,
weder Freude noch Gesang.

Die Liebe heilt
Schwermut und Trauer,
Gram und Einsamkeit.
Sie sättigt unseren Hunger
und stillt unseren Durst.
Je weiter ihr ihren Pfaden folgt,
um so reicher sprudeln ihre Quellen,
und um so lieblicher
werden ihre Wege.

Die Liebe ist Licht,
und ihr seid seine Strahlen.
Öffnet ihr die Tore eures Herzens,
und sie wird euer Inneres überfluten.
Sie macht euch zu Fackeln und Kerzen
und läßt euch Licht
und Wärme spenden.

Die Liebe eint euch
und trennt euch nicht,
sie stärkt euch
und schwächt euch nicht,
sie versammelt euch
und zerstreut euch nicht,
sie schützt euch
und verläßt euch nicht.
Doch wehe, wenn ihr von ihr sprecht,
bevor sie euch durchdrungen
und geprägt hat,
bevor ihre Wellen euch hinabgezogen
und ihre Feuer euch verbrannt haben.
Bevor ihr sie verkündet,
taucht unter in ihren Wellen,
labt euch an ihren Wassern
und atmet ihren Duft ein!

Ihr werdet eure Masken ablegen
und zu eurer Natur zurückkehren.
Ihr werdet Töchter und Söhne
dieser Erde werden.
Sie wird euch wiedergebären
und euch nähren
mit den verborgenen Kräften
von Brot und Wein.

Ein Tropfen Hoffnung

Ich bin umhergeirrt
auf dieser Erde,
um Erfüllung zu finden;
mein Suchen war vergebens.
Ich bin in meine Tiefen gestiegen,
um die Wahrheit über mich
zu erfahren;
mein Suchen war vergebens.
Ich bat die Erde um ein Heilmittel,
und sie stellte mich vor ein Meer
an Sorgen, Leiden
und Kümmernissen.

Da wandte ich mich von ihr ab
und bat den Himmel
um wirksame Medizin.
Er gab mir
einen Tropfen Hoffnung;
darauf setzte ich mein Vertrauen,
und meine Heilung begann.

Ich lebte von dieser Hoffnung
und fand die Ruhe wieder.
Mein Umherirren hatte ein Ende.
Trotz des scheinbaren Sieges
des Bösen
und der Leiden Unschuldiger
vertraue ich auf das Gute

und erwarte die Stunde,
in der wir zurückerhalten,
was wir verloren haben,
als wir auf diese Erde kamen.
Ich erwarte die Stunde,
in der wir nach langem Weg
die Quelle
dieser Hoffnung erreichen.

Wir sind nicht allein

In tiefem Schlaf versunken,
vergessen wir Dich so leicht;
wir schreiten gedankenlos
auf unserem Weg dahin,
ohne die Zeichen zu beachten,
die uns den Weg
auf die hohe See weisen,
die uns ermutigen,
das Meer zu durchqueren
und das andere Ufer zu erreichen,
das uns Geborgenheit schenkt.

Herr, wir befinden uns
am Hange des Ölbergs
und besteigen den Kreuzweg.
Wir folgen Deinen Spuren
durch die Wüsten der Menschen,
durch die Städte, die Dörfer,
die Täler und Wälder.
Wir folgen Deinen Spuren
auf hoher See,
auf dem Berg Tabor,
auf dem Fels der Auferstehung,
auf der Erde und im Himmel.

Wir wollen Dich begleiten,
bedingungslos
und ohne Einschränkung,

bis zu Deinem Kreuz,
das uns immer
  und überall begegnet,
in allen Menschen
und in uns selbst.

Wir wollen Dir folgen
mit größerem Glauben
und tieferer Liebe,
denn ich bin nicht allein,
wir sind nicht allein.
Du bist da,
an jeder Kreuzung
Deine Hand ausstreckend.
Du gibst keinen auf,
der Dich anruft.
Du bist immer bei denen,
die in Deinem Namen bitten.

Jeder Tag auf dieser Erde

Herr,
da Du mir das Leben
geschenkt hast,
gewähre, daß jeder Tag
auf dieser Erde
ein Bekenntnis zu Dir sei;
da Du mir Augen gabst,
die Schönheiten der Welt
zu entdecken,
erhelle mir Verstand,
Sinne und Herz,
Dich in allem zu erkennen,
in jedem Menschen
und in der ganzen Schöpfung.

Herr,
da Du mir ein Licht
auf den Weg sandtest,
hilf mir, mutig voranzuschreiten.
Wenn Du mir Zweifel schickst,
gib, daß ich sie überwinde.
Wenn Du mir Erfolg verleihst,
halte von mir fern den Stolz
und bewahre die Demut
in meinem Herzen.

Herr,
wenn Du mein Leben
  zurücknimmst
im Herzen dieser Nacht
oder beim Aufgang der Sonne,
so stärke meinen Glauben
und nähre meine Hoffnung
im Meer Deiner Liebe,
denn Dich loben ohne Unterlaß
das Licht des Tages
und die Tiefe der Nacht.

Herr,
da Du mich auf guten Weg
  geführt hast,
bewahre mir den Freund,
der mich begleitet und schützt,
und da Du mir die Gnade
  der Liebe schenktest,
so mache sie fruchtbar
und vielfältig in mir,
denn durch die Liebe
verstehen wir das Leben,
durch die Liebe
ertragen wir den Tod,
und durch die Liebe säen wir
Dein lebendiges Wort.

Herr,
gedenke meiner
in der Folge von Tag und Nacht.
Im Wechsel des Geschicks
fürchte ich, Dich zu vergessen.
Du aber stärke mich,
niemanden anzubeten
als Dich.

Melodie der Ewigkeit

Herr, laß mich Dich sehen
in der Majestät der Berge,
in der Gastfreundschaft der Täler!
Laß mich Dich vernehmen
in den Liedern der Wellen
und dem Choral der Stürme!
Laß mich Dich suchen
in den Stämmen der Bäume,
die das Leben tragen,
und in ihren Blättern,
die ihnen Anmut verleihen!

Herr, laß mich Dich sehen
in den Blumen und Blüten,
die aus dieser Welt
eine Braut machen
und sie mit Duft erfüllen,
jedesmal wenn ein Lufthauch
sie berührt!
Laß mich Dich entdecken
in den Quellen der Erde,
aus denen Leben quillt
für jeden – ohne Unterschied!

Laß mich Dich hören, Herr,
im Lob der Vögel,
das sie Dir singen
von der Morgendämmerung

bis zum Aufgang des Mondes!
Laß mich Dich suchen
im Schweigen der Nächte,
im Flüstern der Flüsse
und den Legenden der Zeit!

Laß mich Dich entdecken
auf der Bühne dieser Welt,
die Zeichen und Spuren
Deiner Gegenwart birgt!
So werden wir
durch den Nebel
die Sterne erblicken
und auch in Trauer und Leid
die Hoffnung nicht verlieren.

Laß mich Dich sehen, Herr,
in jedem Menschen,
gleich welcher Hautfarbe
und Nation,
welcher Sprache und Religion,
gleich welchen Alters
und Ranges,
welcher Weltanschauung
und Partei.

Denn immer, wenn ich
die Grenzen meines Ich
überschreite,
mache ich die Erfahrung,
daß unsere Seele

– so ohnmächtig sie auch
  scheinen mag –
größer ist als das Universum
und mächtiger als die Zeit,
denn sie trägt denjenigen,
der Raum und Zeit
ins Leben rief.

Herr, laß mich Dir folgen,
und wenn mich Zweifel
  überkommen
und meine Schritte straucheln,
dann laß mich nicht vergessen,
daß jede finstere Schlucht
ein Ende hat,
daß von jedem Hügel
ein Weg zur Küste führt
und daß es genügt,
weiterzugehen.

Simon Yussuf Assaf wurde 1938 in Yahchouche im Libanon geboren. Er studierte Philosophie und Religionswissenschaften an der französischen Universität in Beirut und in Straßburg, wo er über ein Thema aus der Vergleichenden Religionswissenschaft promovierte. Nach mehrjähriger Lehrtätigkeit an der Universität Freiburg und der Deutschen Schule in Beirut ist er zur Zeit am Goethe-Institut in Beirut tätig.

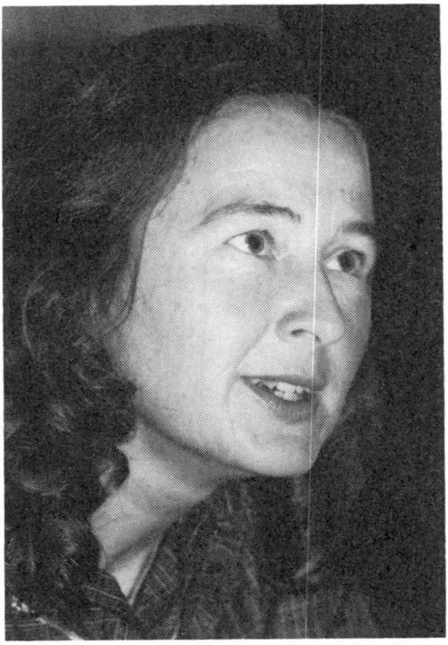

Ursula K. Assaf-Nowak wurde 1939 in Duisburg geboren. Sie studierte Romanistik, Germanistik und Orientalistik in Paris und Freiburg und promovierte über ein Thema aus der arabischen Volksliteratur. Sie war einige Jahre lang Dozentin am Goethe-Institut. Seit ihrer Heirat mit S. Y. Assaf im Jahre 1972 wohnt sie in Jounieh im Libanon und lehrt an der Universität St. Esprit.

Inhalt

Im Schatten der Zedern 5

Morgenlied 7
Orient 11
Wiege der Astarte 13
Die Flöte des Hirten 16
Diese Nacht 18
Stern des Schicksals 20
Reigen der Natur 25

Geheimnisse des Herzens 29

Sieh die Nachtigall, Bruder! 31
Weine nicht, Vater 39
Mutter 44
Deine Hand 50
Die Tage des Lebens 53
Wer bin ich? 55

Wegweiser zum Licht 59

Fremd im Universum 61
Wir sind alle unterwegs 65
Zweifel 67
Sendung und Gesandte 68
Euer Glaube – mein Glaube 70
Bitte 74
Zur Erinnerung 75

Die Liebe heilt 76
Ein Tropfen Hoffnung 78
Wir sind nicht allein 80
Jeder Tag auf dieser Erde 82
Melodie der Ewigkeit 85

CiP-Kurztitelaufnahme
der Deutschen Bibliothek

Simon Yussuf Assaf:
Sieh die Nachtigall, Bruder.
Aus dem Arabischen übersetzt
von Ursula Assaf-Nowak. –
1. Aufl., (1.–8. Tsd.). –
Stuttgart: Kreuz Verlag, 1985.

ISBN 3-7831-0804-7

1. Auflage (1.–8. Tausend)

Umschlagfoto und -gestaltung: HF Ottmann
ISBN 3 7831 0804 7

Jörg Zink

Was bleibt, stiften die Liebenden

„Zink ist ein sorgfältiger Autor. Weder vergißt er den Leser, der sich auf vielen Seiten erkannt, verstanden, ja geliebt fühlen wird, noch geht ihm das Ziel aus dem Auge, das dem Prediger Zink am Herzen liegt: Von dem liebenden Christus zu erzählen, der es mit allen aufnimmt, die den Menschen die Unfähigkeit zu lieben einstiften wollen. Nur zögernd habe ich das Buch zur Hand genommen. Denn noch eine Schrift über die Liebe schien mir zu viel... Aber dann las ich etwas über die Zartheit des Liebens, über das Feuer der ersten Begegnung, über die Reife – und über das Geheimnis, das trotz aller theologischen Richtigkeiten aus Katechismus und Schulweisheit Gott und Mensch umgibt, das etwas mit der Fähigkeit zu lieben zu tun hat und mit der von keiner Wissenschaft zu begründenden Gewißheit, daß in den Zerwürfnissen der Welt Geborgenheit erfahren wird. Man nenne es Trost, Hingabe, Segen..."

Dietrich Sattler
im Deutschen Allgemeinen Sonntagsblatt

Kreuz Verlag

Hans Jürgen Schultz

Es gibt was Bessres in der Welt

Ein Matthias-Claudius-Buch

„Matthias Claudius, südholsteinischer Pfarrersohn, von 1740 bis 1815, ein schlichter Mensch, eine kindliche Seele, ein einfacher, aber feinsinniger Geist, ließ zeit seines Lebens nicht nach, in Gedichten und Betrachtungen, in Briefen und weltlichen Predigten das Eigentümliche des Geschöpfs Mensch zu besingen, zu beschreiben, auch zu kritisieren. Je häufiger ich diese Texte lese, um so mehr wird mir klar, welche Reichweite sie bis heute besitzen, und es liegt sicher an der präzisen Einführung des Herausgebers, die er eine ‚Huldigung' nennt, daß sich mir der Dichter endlich ganz aufschließt. Die Auswahl von Schultz läßt erkennen, daß die geistliche Frömmigkeit, die in früheren Zeiten so eindringlich an Claudius gerühmt wurde, doch eher eine handfeste Weltfrömmigkeit gewesen ist…"

Ludwig Harig
in der Frankfurter Allgemeinen Zeitung

Kreuz Verlag